Elke Heidenreich
Die schönsten Jahre

Elke Heidenreich

Die schönsten Jahre

Vom Glück und Unglück der Liebe

sanssouci

1 2 3 4 5 09 08 07 06 05

ISBN 3-7254-1375-4

(›Die schönsten Jahre‹ erschien in dem Erzählband
»Der Welt den Rücken«)

Einbandgestaltung: Birgit Schweitzer, unter Verwendung des
Gemäldes »Lesende« (1909) von Robert Breyer
Druck und Bindung:
Memminger MedienCentrum AG, Memmingen
Printed in Germany

Ich bin einmal, nur ein einziges Mal mit meiner Mutter zusammen verreist. Da war sie achtzig Jahre alt und noch sehr gerade, sehr energisch und tatkräftig, und ich war fünfundvierzig und hatte Rückenschmerzen, fühlte mich ziemlich alt und war alles andere als zufrieden mit meinem Leben. Meine Mutter lebte in einer ordentlichen Wohnung in einer Kleinstadt im Süden und ich in einer unordentlichen in einer Großstadt im Norden. Als sie älter wurde, besuchte ich sie öfter – notgedrungen, denn wir verstanden uns nicht besonders gut. Aber ich dachte, sie würde mich vielleicht brauchen, müßte doch in diesem Alter allmählich schwächer, schusseliger und vergeßlicher werden, und so reiste ich alle paar Monate an, um irgend etwas bei Behörden für sie zu erledigen, den Großeinkauf mit dem Auto bei Aldi zu machen, auf die Leiter zu steigen, die Gardinen abzunehmen und zu waschen, im Frühling den Balkon zu bepflanzen und im Herbst alles zurückzuschneiden und die Töpfe in den Keller zu tragen – was man eben so macht als einzige Tochter, aus Pflichtgefühl, nicht unbedingt aus Liebe. Und immer kam es mir so vor, als wäre ich es, die schwächer, schusseliger und vergeßlicher würde und nicht sie. Sie sah mir zu, wie ich mit den Gardinen auf der Leiter stand, gab Anweisungen, rügte: »Du machst sie mit deinen Pfoten ja gleich wieder dreckig«, oder fand, daß ich die Azaleen ganz falsch zurückgeschnitten hätte. Sie bedankte sich auch nie, konnte es nicht einmal über sich bringen, »das hast du gut gemacht, Nina« zu sagen. Das hatte sie nie gekonnt. Bei uns zu Hause wurde nicht gelobt. »Na also, es geht doch!« war das Höchste, was meiner Mutter an Anerkennung über die Lippen kam, und das war schon so gewesen, als ich noch ein Kind war und gute Noten aus der Schule nach Hause brachte – »Na also, es geht doch.«

Ich wohnte immer im Hotel, wenn ich sie besuchte, und Herr Bürger, der Empfangschef, küßte mir jedesmal die Hand, wenn ich kam und sagte: »Frau Rosenbaum, es ist absolut beeindruckend, wie liebevoll Sie sich um Ihre reizende Frau Mama kümmern, das würden nicht viele Töchter tun, noch dazu, wo Sie doch so beschäftigt sind.«

Ich arbeitete damals für eine Zeitung, und immer hatte er mir die Zeitung schon aufs Zimmer bringen lassen, druckfrisch, und hatte mit einem Ausrufungszeichen angestrichen, wenn etwas von mir drin stand, als würde ich das nicht selbst sehen. Ich ging dann nach oben, versuchte, mich in die Zeitung zu vertiefen und nicht an meine Mutter zu denken, die in ihrer Wohnung jetzt einen genauso idiotischen einsamen Abend verbrachte wie ich hier im Hotel. Warum war es nicht möglich, vergnügt und friedlich mit ihr bei einer Flasche Wein zusammenzusitzen? Warum konnten wir nicht einfach einen netten Abend miteinander verbringen, ein bißchen lachen, ein bißchen ›weißt du noch …?‹ sagen und einfach erzählen? Weil es kein ›weißt du noch‹ gab, und wenn, war es vermint. Und weil wir in nichts einer Meinung waren. Wir hatten nur fünfzehn Jahre zusammengelebt, meine ersten fünfzehn Jahre. Danach waren unsere Treffen auf Besuche beschränkt, ich bei ihr, sie bei mir, und wir lebten eher gegen- oder bestenfalls nebeneinander als miteinander. Wir mochten nicht dieselben Menschen, nicht dieselben Dinge.

Das fing schon beim Wein an. Ich liebe gute, trockene Weine. Sie kaufte, auch wenn sie wußte, daß ich kam, dieses billige Zeug mit Schraubverschluß, angeblich, weil sie keine Kraft hatte, den Korken aus der Flasche zu ziehen. Ich hatte ihr schon mindestens fünf praktische Korkenzieher geschenkt, immer wieder neue, verbesserte Modelle, die man ohne großen Kraftaufwand anwenden konnte. Die lagen alle in der Küchenschublade, und nach wie vor gab es irgendeinen Schraubverschlußwein der Marke »lieblich«, und kalt gestellt war er auch nie. Aber ich hätte selbst den getrunken, zur Schorle veredelt mit kaltem Mineralwasser (»ich hab aber nur welches ohne Kohlensäure!«), wenn es nicht immer wieder diese Diskussionen gegeben hätte – über mich, die Art, wie ich mich anzog, über das, was ich in der Zeitung schrieb, über meine Gesundheit und wie unachtsam ich damit umging, über mein leichtsinniges Verhältnis zum Geld. Unweigerlich fing sie irgendwann mit diesen Lieblingsthemen an, und der Abend war gelaufen. Wenn dann noch kam »Du wirst deinem Vater immer ähnlicher«, dann wußte ich, daß wir uns auf gefährlichem Gelände bewegten und daß es höchste Zeit war, zu gehen.

Mein Vater war seit fast dreißig Jahren tot, aber ihr Zorn auf ihn hatte nie nachgelassen, und diesen Zorn übertrug sie auf mich. Ich hatte, wie sie sagte, »seine ganze Art« geerbt, was immer das heißen mochte, und auf irgendeine Weise waren wir beide daran schuld, daß ihr Leben nicht so verlaufen war, wie es hätte verlaufen können.

»Du wirst auch nicht alt, genau wie er, wenn du so weitermachst«, kam dann meist noch nach. So weitermachen, das hieß: wenn ich weiterhin rauchte, Weißwein statt Kräutertee trank, keinen Sport trieb – Mutter ging noch mit achtzig fast täglich zum Schwimmen – und meine Ehe mit wechselnden Affären ruinierte. Sie wußte davon, weil meine Cousine Margret, mit der ich schon seit zwanzig Jahren kein Wort mehr redete, leider in derselben Stadt wohnte wie ich und ab und zu etwas mitkriegte, meine Mutter anrief und sagte: »Tante Nellie, hast du schon gehört, was Nina wieder angestellt hat?«

»Du kommst nie zur Ruhe«, seufzte meine Mutter. »Wie dein Vater.«

»Die Liebe ist eben eine ewige Baustelle«, sagte ich so leichthin wie möglich, und meine Mutter schüttelte den Kopf und sagte: »Jeder Mensch kann nur einmal in seinem Leben richtig lieben. Bei mir war es jedenfalls so.«

Daß diese eine richtige Liebe mein Vater gewesen sein sollte, konnte ich nicht glauben, sie waren fürchterlich miteinander umgegangen, und nach seinem Tod war meine Mutter damals richtig aufgeblüht und hatte nie mehr einen Mann in ihre Nähe gelassen. Also mußte sich da vor der Ehe etwas abgespielt haben, aber mit wem? Und vor allem: wann? Sie hatte doch schon mit zwanzig geheiratet. Als ich geboren wurde, waren meine Eltern bereits fünfzehn Jahre verheiratet, ich war im Kriegsurlaub gezeugt worden, das ungewollte Zufallskind, noch in den letzten Kriegsjahren geboren. »Ich wollte kein Kind«, hatte meine Mutter oft genug gesagt. »Wir wollten alle kein Kind damals, der Krieg lag ja immer mit im Bett.« Und vorher, was konnte denn vorher schon gewesen sein an umwerfenden Liebesgeschichten? Meine Mutter sprach nie über diese einmal kurz angedeutete Liebe, sie erzählte kaum von früher, und ich wußte fast nichts über meine, ihre, meines Vaters Familie, weil wir entweder mit allen Streit hatten oder zuviele inzwischen schon längst tot waren. Tot und nicht mehr da, nicht einmal in den Erinnerungen.

Wenn ich nachfragte, setzte sie ein abweisendes, fast angewidertes Gesicht auf. »In meiner Familie war alles tragisch, in seiner alles chaotisch«, sagte sie dann, und das Thema war erledigt, bis auf den Zusatz: »Du schlägst nach seiner.«

Das wußte ich ja nun schon zur Genüge und ging, um die Diskussion zu beenden, ins Bad, wo ich mich lange im Spiegel betrachtete und nach Ähnlichkeiten mit ihr suchte. Ich hatte ihre Hände und ihre skeptischen Falten auf der Stirn – mehr nicht, hoffte ich. Und dann öffnete ich die Toilettenschränkchen und sah, was ich schon vermutet hatte: all die teuren Kosmetika, die ich ihr schickte – gute Cremes, Hautöl, Duftseifen –, lagen unangebrochen in den Schubladen. Sie benutzte nach wie vor nur Nivea-Seife und Nivea-Creme. »Mehr brauche ich nicht«, sagte sie, »das reicht, Fett und Flüssigkeit, alles andere ist dummes Zeug.« Alles, was ich ihr schenkte, verschwand als »dummes Zeug« in den Schubladen der Schränke – Hausschuhe, warme Strickjacken, zusammenfaltbare Einkaufstaschen –, meine Geschenke waren immer falsch. »Danke, aber das wär doch nicht nötig gewesen«, sagte sie, wenn ich am Telefon fragte, ob sie sich denn über das Weihnachtspaket gefreut hätte, und: »Ich hab doch alles. Wenn du endlich glücklich würdest oder wenigstens ein bißchen geduldiger, das wäre für mich die größte Freude.« Ich muß aber zugeben, daß ich die Geschenke meiner Mutter auch nicht mochte – weiße Angora-Unterwäsche in kränkenden Größen, Schnapspralinen, auf denen der Preis noch klebte, Gesundheitssandalen aus dem Reformhaus. Wir konnten beide nicht geben, und wir konnten nicht nehmen – zumindest nicht für- und voneinander.

Wenn ich mich beruhigt hatte, ging ich wieder zu ihr ins Wohnzimmer, brach aber meist bald auf. Bis ich ging, erzählte sie wie viele alte Leute, die zu lange allein sind und das, was sie erleben, an niemanden mehr loswerden können, atemlos und fast ohne Punkt und Komma:

»Neulich bei dem schönen Wetter habe ich den Mann mit den langen Haaren wiedergetroffen, warum der die nicht mal schneidet, wissen die Götter, er sagte, gucken Sie mal, die grünen Wiesen, wie schön wir es hier haben, und die blöden Leute müssen dauernd verreisen, ich verstehe nicht warum, soll ich Ihnen was sagen, Bekannte von mir, zwo Komma fünf und null! Null! Ich wußte erst gar nicht, was er meinte, aber er meinte, daß Bekannte von ihm ins Gebirge gefahren waren, 2 500 Meter hoch und es lag gar kein Schnee! Das ist schon ein komischer Heiliger, der. Die Frau ist ja schon lange tot, ich frage mich, wie der lebt, ob der sich jeden Tag was kocht? Gesund sieht er nicht aus, ist mir aber auch egal. Und weißt du, wen ich auch wiedergetroffen habe? Die Frau mit den Pudeln, die wie Schäfchen aussehen, und ich hab gefragt, wo ist denn Herr Brenner mit dem Rollstuhl, den hab ich so lange nicht gesehen, wissen Sie das denn nicht, sagt sie, der ist doch tot, und ich sage, na, da wird die Frau aber froh sein, die wollte ja schon lange, daß der endlich stirbt, sie hat ihn ja mal mit der Nichte im Bett erwischt, und seitdem war die Ehe im Teich. Ich weiß nicht, was das immer für ein Trieb ist bei den Männern, aber du hast den ja anscheinend auch. Früher ist der immer hoch zu Roß herumgeritten, aber dann der Schlaganfall, ja, so kann es gehen, und die Frau mit den Pudeln sagt, daß die jetzt so haaren, weil das Wetter umschlägt, mich könntest du mit Pudeln ja jagen, was findet man an Pudeln. Du siehst schlecht aus, ich seh das immer sofort, wenn du zuwenig schläfst.«

Das war dann so ein Moment, wo sie eine kleine Pause machte und ich konnte sagen: »Ja, ich geh dann jetzt auch mal ins Bett«, und ich durfte endlich weg.

Nie redeten wir über Dinge, die mit uns zu tun gehabt hätten.

Beim Abschied küßten wir rechts und links die Luft neben unsern Gesichtern und berührten uns nicht. Ich kann mich nicht erinnern, wann meine Mutter mich je in den Arm genommen, gestreichelt, getröstet, berührt hätte. Als

Kind hat sie mich oft geohrfeigt. Das waren die einzigen Berührungen zwischen uns, an die ich mich erinnern konnte.

Wenn ich dann ins Hotel kam und Herr Bürger sagte: »Frau Rosenbaum, neulich habe ich Ihre Frau Mama bei Aldi getroffen, erstaunlich, wie rüstig sie noch ist! Und immer so gepflegt, und wie gerade sie sich hält! Das haben Sie von ihr. Wissen Sie was? Sie werden ihr immer ähnlicher«, dann war ich fix und fertig, brauchte ein heißes Bad und eine Minibar.

An ihrem achtzigsten Geburtstag hatte sie sich Gäste eingeladen, lauter ältere Damen. In so einem Kreis war ich dann manchmal die Vorzeigetochter von der Zeitung, deren Mann ein gut verdienender Zahnarzt war. Dann fielen zum Beispiel Sätze wie: »Meine Tochter steht sich ja sehr gut«, oder: »Neulich hat Nina eine ganze Seite über Greenpeace geschrieben«, und diesmal sagte sie: »Nina fährt morgen nach Italien, sie arbeitet dort für ihre Zeitung«, und die alten Damen waren sehr beeindruckt.

Es stimmte, ich wollte nach Mailand fahren,

aber nicht, um zu arbeiten. Ich wollte Flora wiedersehen. Flora und ich hatten uns vor ein paar Wochen in New York kennengelernt und uns unbeschreiblich ineinander verliebt. Wir wollten jetzt prüfen, was von diesem Blitz geblieben war, der in uns beide eingeschlagen hatte, am ersten Abend, sofort, bei den ersten Sätzen und Blicken, gleich als sie auf diese Party kam, auf der Ludwig und ich auch waren. Wir standen zusammen und sahen uns an und redeten und redeten und waren außer uns vor Glück und Erstaunen, Flora und ich. Sie war vierzig, lebte allein, war immer die Geliebte verheirateter Männer gewesen. Eine kurze Beziehung zu einer Frau hatte es in ihrem Leben schon gegeben – in meinem noch nie. Ich hatte nie auch nur daran gedacht, aber manchmal etwas neidisch Frauen zugesehen, die sich liebevoll umarmten. Es war etwas anderes, als wenn sich einfach nur Freundinnen umarmten, und ich spürte seit Jahren so eine vage Sehnsucht danach, von einer Frau geliebt zu werden. Als ich Flora sah, ihr ovales Gesicht, ihre dunklen Augen, war ich hingerissen und so verliebt, wie es mir bis dahin eben nur mit Männern passiert war, und sie reagierte leidenschaftlich und intensiv. Als Ludwig nach Deutschland zurückflog, blieb ich noch und erlebte mit ihr die zärtlichste, aufregendste, die schönste Woche meines Lebens. Ich hatte nicht gewußt, wie wunderbar es ist, von einer Frau umarmt und geliebt zu werden, und ich sah meine Mutter an und dachte: ›Du hast mich immer nur weggestoßen. Vielleicht muß ich jetzt etwas nachholen‹, und sie fragte: »Warum siehst du mich so an?« »Nichts«, sagte ich und dachte: ›Wenn du das wüßtest! Aber das weißt du nicht, das weiß niemand, nur Ludwig ahnt etwas, aber er interessiert sich nicht mehr genug für mich, um nachzufragen.‹

Ludwig lebte sein Leben, ich das meine. Wir saßen mehrmals in der Woche zusammen beim Essen, mal in seiner Wohnung, mal in meiner, wir gingen freundschaftlich und unkompliziert miteinander um, aber die Leidenschaft war uns irgendwann in den letzten Jahren abhanden gekommen, wohl auch die Liebe. Unsere beiden

Söhne waren erwachsen und aus dem Haus, und ich vermißte sie nicht. Sie waren hübsche, arrogante junge Männer geworden, die gutsitzende Anzüge und knappe, gepflegte Frisuren trugen, reihenweise Mädchenherzen brachen und ihre Eltern so wenig noch brauchten wie wir sie. Man telefonierte, ab und zu ein Besuch, ein Anruf, das war's dann, und ich wunderte mich, was ich eigentlich in dicsen letzten vierundzwanzig Jahren gemacht hatte und wo ich die ganze Zeit gewesen war. Es tat mir gut, endlich eine eigene Wohnung zu haben. Manchmal fühlte ich mich sehr allein, ein wenig verloren, aber nie einsam. Ich wußte: das war noch nicht alles. Irgend etwas würde mir noch passieren. Jedenfalls: ich war auf Sendung und auf Empfang. Und als Flora in New York in dieses Zimmer trat, stimmten die Frequenzen – durch den Raum war ein Draht gespannt von ihr zu mir, von mir zu ihr, und er vibrierte.

Jetzt wollte ich nach Mailand. Flora kam in zwei Tagen von einem Seminar aus New York zurück. Sie arbeitete als Ornithologin an einem

Mailänder Institut, ausgerechnet als Ornithologin in einem Land, dessen wild gewordene kleine Machos Vögel in Netzen fangen, ihnen die Hälse umdrehen und sie fressen. Wie sie damit eigentlich leben konnte, das wollte ich sie fragen, denn in New York war ich nicht viel zum Fragen gekommen. Wir hatten uns geliebt und gestaunt über das, was uns da passierte.

Ich half meiner Mutter beim Aufräumen, als die Damen gegangen waren. Sie lästerte noch vergnügt über die Gebrechen – daß Frau Fischer acht Jahre jünger sei als sie, aber mindestens zehn Jahre älter aussehe, wie klapprig Frau Herzog geworden sei, daß Frau Kindermann nun gar nichts mehr richtig hörte und dadurch zu anstrengend würde. Ich bestätigte alles, Widerspruch brachte sowieso nichts, und tatsächlich war ja auch meine Mutter im Vergleich mit anderen alten Damen so etwas wie Queen Mum in England: immer chic, immer resolut, immer die Nummer eins im Raum. Ich räumte die Kuchenteller und die Sektgläser in die Küche.

»Ich spül das aber selbst«, sagte meine Mutter. Ich war froh darüber, denn ich mochte ihre muffigen Küchenläppchen nicht, und ich machte ihr ja sowieso nichts recht – ich nahm zuviel Schaum und verschwendete Wasser und was weiß ich nicht noch alles.

Sie wickelte mir die Reste der pappigen, süßen Zitronenrolle ein. »Die kannst du nachher noch essen«, sagte sie, und ich protestierte: »Ich mag das nicht, das ist mir zu fett, ich werde zu dick.«

»Ja, ich wollte nichts sagen«, sagte meine Mutter, »aber du bist stärker geworden. Was wiegst du jetzt, siebzig?« »Achtundsechzig«, sagte ich, und sie seufzte: »Das kriegst du nicht mehr runter in dem Alter. Das sind die Hormone.« Und dann fügte sie hinzu: »Naja, achtundsechzig, das geht doch noch.«

So war sie immer – »das geht doch noch« als größtes Kompliment. Wenn ich als Schulkind nur eine Zwei in Deutsch oder Latein heimbrachte und eben keine Eins, hieß es: »Das geht doch noch«, und wenn ich als Fünfzehnjährige für meinen Geschmack schön zurechtgemacht auf eine Party oder in die Tanzstunde ging und fragte: »Gut so?« sah sie mich kritisch an und sagte: »Naja, es geht so.« Loben, anerkennen, das lag ihr nicht, es kam ihr einfach nicht über die Lippen, als hätte ein Lob sie selbst entwertet und kleiner gemacht. Als sie im Sterben lag, gerade noch atmen konnte mit staunend aufgerissenen Augen, auf der Zielgeraden sozusagen, da saß ich an ihrem Bett und sagte. »Mama, du siehst immer noch so toll aus, du hast überhaupt keine Falten«, und in dem Moment merkte ich, daß ich sie auch noch nie vorher gelobt oder ihr etwas wirklich Nettes gesagt hatte. Ich konnte es erst, als sie mir nicht mehr antworten konnte, und wünschte mir, an ihrer Stelle reglos und ohne Chancen dazuliegen, damit sie zu mir von Liebe spräche, mich lobte, Nähe zeigte, wenigstens ein einziges Mal.

Sie steckte die eingewickelte Zitronenrolle in eine Plastiktüte, gab sie mir und strahlte: »Das hast du als Kind immer so gern gegessen.« Sinnlos, zu sagen, was mir auf der Zunge lag: ich bin aber kein Kind mehr. In ihren Augen war ich immer dieses seltsam mißglückte, ungewollte, halbfertige Wesen, und vielleicht würden ja die Reste einer Zitronenrolle aus mir noch etwas machen können.

Als ich mich verabschiedete, drückte sie mir außer der Plastiktüte mit der Zitronenrolle auch das Geschenk, das ich ihr zum Geburtstag gemacht hatte, wieder in die Hand – einen blauen Kaschmirschal. »Nimm, Kind«, sagte sie, »das war nett gemeint, aber Blau trage ich nicht mehr, und ich habe die ganze Schublade voller Schals, was soll ich denn mit all dem Zeug.« Es war alles wie immer, und doch war es anders. Denn als ich ihr, schon auf dem Treppenabsatz, noch einmal zuwinkte, sagte sie plötzlich und wie aus heiterem Himmel:

»Mailand! Ich war noch nie in Mailand!«

Wie denn auch – sie war überhaupt nur sehr wenig gereist in ihrem Leben. Einmal hatte sie mit einem Bus eine Tour durch Frankreich gemacht und sich gar nicht darüber beruhigen können, daß da schon ganz kleine Kinder fließend Französisch sprachen. »Aber Mama«, hatte ich gesagt, »das sind doch Franzosen, die wachsen damit auf, es ist ihre Muttersprache.« »Trotzdem«, hatte sie beharrt, »noch so jung und schon fließend Französisch, alle Achtung.«

Meine Freunde fanden es immer sehr komisch, wenn ich solche Geschichten von meiner Mutter erzählte. Ich konnte darüber nicht mehr lachen, denn die Wand, die seit meiner Kindheit zwischen uns wuchs, war hoch, aber nicht stabil. Sie wackelte und drohte bei jedem Besuch, bei jedem Gespräch, eine von uns beiden zu erschlagen, wenn wir zu fest daran rüttelten. Heute weiß ich, daß ich mit meiner Mutter viel hätte lachen können – aber damals sahen wir beide schon im ersten Moment, wenn ich sie besuchte und sie mir die Tür öffnete: Aha, keine der alten Rechnungen ist beglichen. Alle Wunden bluten noch. Und dann gab es eben nichts zu lachen.

Nie wäre ich auf die Idee gekommen, mit meiner Mutter zu verreisen, schon gar nicht nach Mailand, und schon gar nicht jetzt, wo ich Flora wiedersehen wollte. Aber da stand sie vor mir, klein und energisch, funkelte mich an und sagte: »Warum nimmst du mich nicht einfach mit? Italien! Das wär mal ein schönes Geschenk. Vielleicht ist dieser Geburtstag ja mein letzter.«

Das sagte sie seit ungefähr zwanzig Jahren – dieses Weihnachten ist mein letztes, den nächsten Geburtstag erlebe ich nicht mehr, ich merke, daß die Kräfte schwinden, oder, ihr Lieblingssatz, wenn sie mal einen kleinen Schnupfen hatte: »Ich bin nur noch ein Mensch von einem Tag.« Das waren alles Erpressungsversuche. Ging es ihr besser oder waren Weihnachten, Ostern, Geburtstag vorbei, straffte sie sich sofort wieder und wußte, daß sie richtig daran getan hatte, sich einen schwarzen Nerzmantel zu kaufen und keinen braunen, denn so könnte sie auf meiner Beerdigung eine bessere Figur machen, und sollte sie wirklich vor mir sterben, Gott, dann könnte ich ihn ja bei ihrer tragen.

»Das ist viel zu anstrengend für dich«, sagte ich ausweichend und stellte mir eine Autofahrt mit meiner Mutter vor.

»Wenn du es aushältst, werde ich es auch aushalten«, sagte sie. »Mailand! Das muß schön sein.« »Gerade Mailand ist gar nicht so schön«, sagte ich, und prompt kam zurück: »Warum fährst du denn dann hin? Schon wieder so ein Kerl?« Ich schwieg bockig und setzte das von ihr so genannte chinesische Gesicht auf – süßsauer: »Oh, das chinesische Gesicht«, sagte sie, »ich frag nicht mehr, ich frag nicht mehr, jeder muß selbst wissen, wie er sich unglücklich macht.« »Oder glücklich«, ich konnte es nicht lassen, und sie sagte: »Schön wär's ja mal.«

»Ich treffe da eine Frau, mit der ich arbeite«, sagte ich schließlich. »Was arbeitest du denn mit einer Italienerin?« fragte sie mißtrauisch. Ich wurde ungeduldig. »Mutter«, sagte ich, »das ist doch jetzt ganz egal, was ich da mache, es ist eine lange Fahrt, es ist heiß, es ist anstrengend, ich bleibe zwei oder drei Wochen, wie willst du denn zurückkommen?« »Herrgott, es gibt doch Flugzeuge«, sagte sie, »ich könnte zwei Tage bleiben und dann zurückfliegen, und Klaus holt mich ab.«

Meine Mutter war erst einmal geflogen, nach Berlin zur Beerdigung ihrer Schwester Luzie, und nun redete sie, als hätte sie die Miles-and-more-Karte für Vielflieger und wäre dauernd unterwegs. Klaus war irgendein Großneffe, der in der Nähe wohnte und sich manchmal um sie kümmerte.

»Also«, sagte ich, »gute Nacht, ich bin jetzt müde, ich will ins Hotel. Ich komme morgen nach dem Frühstück, ehe ich fahre, noch mal bei dir vorbei. Okay?« »Ja, gut«, sagte sie, »und hier, vergiß die leckere Zitronenrolle und den blauen Schal nicht. Weich ist er ja, aber so was trag ich einfach nicht.«

Ich nahm den Schal und ging, und der Empfangschef im Hotel fragte: »Hat Ihre Frau Mama sich denn über das Geschenk gefreut?« »Riesig«, sagte ich und preßte den Schal tief in die Plastiktüte, wo er in die Zitronenrolle matschte. Ich hatte ihn erst am Tag zuvor gekauft und ihm auf die Frage, was ich meiner Frau Mama denn schenken würde, gezeigt. Ihr 80. Geburtstag war in der Zeitung angekündigt gewesen, der Bürgermeister hatte auch geschrieben und gratuliert. »Gerade der«, hatte sie gesagt, »Trottel von der CDU«, hatte den Glückwunschbrief zerrissen und ins Klo geworfen wie damals meine ersten Gedichte und später, als mein Vater tot war, ihren Ehering.

Ich schlief schlecht in dieser Nacht und träumte von der Reise mit meiner Mutter, von Flora.

Am nächsten Morgen fuhr ich noch einmal bei ihr vorbei. Sie öffnete mir in einem leuchtend blauen Kleid (»Blau trage ich nicht mehr!«), das ich noch nie an ihr gesehen hatte. Sie strahlte, hatte ein goldenes Armband angelegt, das Cousine Margret und ihr Mann ihr zum 70. Geburtstag geschenkt hatten, und im Flur stand eine kleine Reisetasche. »Fertig«, sagte sie, »ich freu mich ja so.«

Ich mußte schlucken und mich erst mal setzen.

»Mutter«, sagte ich, »wir sitzen stundenlang im Auto, und dann...« »Aber das weiß ich doch«, sagte sie ungeduldig. »Ich fahre gern Auto. Das einzige, was dein Vater gut konnte, war Auto fahren, sonntags sind wir oft zum Drachenfels gefahren und haben Hühnersuppe gegessen. Ob man in Mailand auch etwas essen kann, wo kein Knoblauch dran ist? Ich esse nichts mit Knoblauch.«

Ich konnte nur staunen. Sie schaffte es immer noch, mich zu überrumpeln, und in so strahlender Laune hatte ich sie schon so lange nicht gesehen, daß ich einfach nicht das Herz hatte, jetzt noch nein zu sagen. Ich wollte zwei Tage in einem Hotel wohnen, durch Mailand bummeln, ruhiger werden, ein wenig italienisch werden, und danach würde ich für ein paar Tage, eine Woche, zwei Wochen zu Flora ziehen. Dann spätestens mußte Mutter heimfliegen – es würde sich schon irgendwie arrangieren lassen, und im Auto, dachte ich, könnten wir vielleicht wirklich mal über ein paar Dinge reden, die mir schon so lange auf der Seele lagen. Das Auto ist ein wunderbar geschlossener Raum, niemand kann beleidigt gehen und eine Tür zuknallen, man muß sich nicht ansehen beim Reden, und ich mußte mich aufs Fahren konzentrieren und konnte also nicht ausrasten.

»Gut«, sagte ich, »versuchen wir's. Dann los.« Und ich nahm ihre Reisetasche, während sie geräuschvoll die Jalousien herunterließ. »Hast du deinen Paß?« fragte ich, und sie sagte: »Was denkst du eigentlich von mir, daß ich eine vertrottelte alte Tante bin? Natürlich hab ich meinen Paß.« Und dann trällerte sie plötzlich: »Kennst du das Land, wo die Zitronen blühn? Dahin, oh mein Geliebter, will ich mit dir ziehn.«

Als ich ein kleines Kind war, hat meine Mutter viel mit mir gesungen, und sie kannte Unmengen von Gedichten auswendig und sagte sie bei jeder Gelegenheit auf. Ich erinnere mich daran, daß das eine schöne Zeit war – wenn ich auch nie auf ihrem Schoß sitzen, in ihrem Bett kuscheln, nicht einmal an ihrer Hand gehen durfte. Meine Mutter hatte sich, so schien es, jede Art von Zärtlichkeit aus irgendeinem Grund für immer verboten. Mein Vater hatte zwei Geliebte, eine junge schnippische Blonde und eine freundliche Verkäuferin, so alt wie er selbst, zu denen ging er regelmäßig und blieb oft auch über Nacht. »Ich bin bei Walter«, hieß es dann, oder: »Wartet nicht auf mich, ich übernachte bei Otto.« »Jaja«, sagte meine Mutter dann, »sag Walter, er soll weniger Parfüm auftragen, du stinkst entsetzlich, wenn du von dort kommst«, oder: »Vergiß nicht, für Otto die Seidenwäsche mitzunehmen, die ich in deinem Schrank gesehen habe.« Ich verstand das als Kind nicht und lachte, denn mein Vater hatte fünf Brüder, und die waren alle sehr komisch, da konnte ich mir jede ausgefallene Geschichte vorstellen. Onkel Otto arbeitete als Buchhalter, war der einzige, der immer feingemacht in Schlips und Anzug gehen mußte und wurde deshalb von seinen Brüdern »Herr Pinkel« genannt. Onkel Walter trank gern einen zuviel und hieß darum »Herr Pils«, Onkel Hermann war Jalousienbauer und war »Herr Schlitz«, Onkel Fritz arbeitete als Requisiteur im Theater, er hieß demnach »Herr Plunder«, und der jüngste, Onkel Theo, war als einziger fromm, lief viel in die Kirche und spendete dauernd für wohltätige Zwecke, das war natürlich »Herr Jesus«. Mein Vater hieß »Herr Lustig«, weil er immer gut aufgelegt war – außer bei uns zu Hause, aber wenn er mich mal mitnahm und ich mit ihm und seinen Brüdern und deren Frauen zusammensein durfte – am ersten Weihnachtstag, an Omas Geburtstag, an meinem Geburtstag –, waren das Feste, auf denen viel gelacht und viel getrunken wurde. Ich mochte »Herrn Plunder« am liebsten, er brachte mir oft kleine Federhüte oder perlenbestickte Handschuhe oder Holzschuhe aus dem Theaterfundus mit, an denen meine Mutter dann mißtrauisch schnüffelte und sagte: »Sonst noch was«, und weg damit in den Müll, wenn ich nicht höllisch aufpaßte.

Als wir im Auto saßen, fragte ich sie: »Lebt eigentlich noch einer von Papas Brüdern?«

»Herr Jesus«, sagte sie. »Herr Jesus lebt noch, ich weiß das von Tante Karla, die mich ab und zu mal anruft.« Mein Vater hatte noch zwei Schwestern, Tante Karla und Tante Paula. Tante Karla hatte ich zuletzt gesehen, als ich fünfzehn Jahre alt war – auf der Beerdigung meines Vaters. Sie weinte schrecklich um ihn und umarmte meine Mutter immer wieder, was zu meiner Verwunderung auch innig und herzlich erwidert wurde. Sie war damals eine große, schöne Frau, jetzt mußte sie über achtzig sein. Ihr Mann war im Krieg geblieben, und sie hatte nach dem Krieg zusammen mit Tante Paula, die einen Polizisten geheiratet hatte, ein Handarbeitsgeschäft eröffnet und lange Jahre geführt.

Ab und zu strickte meine Mutter mir etwas aus Wolle, die sie bei Tante Karla und Tante Paula kaufte – sie strickte schlecht, aber gern, doch als mein Vater tot war, hörte jeder Kontakt zu dieser Familie auf. Sie zog in die süddeutsche Kleinstadt, ich kam bis zum Abitur ins Internat und habe nie mehr einen von den Onkeln oder Tanten wiedergesehen. Das Briefeschreiben war in dieser Familie nicht in Mode, und so schliefen die Kontakte ein, aber ich dachte oft an Herrn Plunder, Herrn Pils und Herrn Pinkel.

»Irgendwie haben wir gar keine Familie mehr«, sagte ich. »Deine Schwestern sind tot,

Cousine Margret ist eine Schreckschraube, dabei waren wir doch so eine große Familie, Papa hatte sieben Geschwister und du fünf – was ist nur aus allen geworden?«

»Vom Winde verweht«, sagte meine Mutter und setzte eine schräge Sonnenbrille auf. »Walter hatte Krebs, Otto Herzinfarkt, Fritz ist unter die Straßenbahn gekommen, Hermann ist am Blinddarm gestorben, Paula hat sich totgesoffen. Nur Karla und ich sind noch da.« »Habt ihr noch Kontakt?« fragte ich, und sie sagte: »Selten.«

Wie es in Mutters Familie aussah, wußte ich etwas besser, hatte es näher miterlebt – bis auf ihren Bruder Willi waren alle gestorben, und mit diesem Bruder sprach sie nicht, weil er Nazi war, als wären sie nicht alle Nazis gewesen. Aber er hatte wohl besonders viel Dreck am Stecken und hatte damals seinen eigenen Vater wegen vaterlandsverräterischer Äußerungen angeschwärzt. Daraufhin war mein Großvater ins Lager gekommen und von dort krank heimgekehrt und bald gestorben. Als Onkel Willi aus

Polen zurückkam, sprach außer seiner Frau Maria niemand mehr mit ihm.

»In meiner Familie gab es vier Leute, die nur ein Bein hatten«, verkündete meine Mutter plötzlich fröhlich, und ich hätte fast die Abzweigung Richtung Basel verpaßt. »Ist das eine genetische Geschichte«, fragte ich, »liegt das in der Familie, lauter Einbeinige? Da habe ich ja noch Glück gehabt.«

»Onkel Heinrich«, sagte sie, »hatte Zucker, dem mußte früh ein Bein abgenommen werden. Onkel Moritz hatte Knochenkrebs, da haben sie auch ein Bein abgenommen. Onkel Moritz war viel reicher als Onkel Heinrich, er hat ihm immer seine abgelegten guten Anzüge geschickt. Aber da war das linke Bein weggebunden, bei Onkel Heinrich das rechte, und er wollte keine Hosen tragen mit Knick, sie hatten immer Krach deswegen.« »Und die andern beiden?« fragte ich. »Mein Großvater«, sagte sie, »er war Schuster im Westerwald, Bauer und Schuster, und einmal hat er sich aus gutem Leder selbst ein Paar Schuhe gemacht, aber als er damit zum erstenmal ausgehen wollte, waren sie zu klein. Er hatte so eine Wut, daß er sich mit der Axt die Zehen abgehauen hat. Sie mußten den Fuß amputieren.«

Ich zweifelte nicht mehr, woher der Jähzorn und die Ungeduld kamen, die auch zwischen meiner Mutter und mir ausbrachen, nachdem ich in die Pubertät gekommen war. Einmal hat sie mich mit einem Stocheisen für den Ofen blutig geschlagen, aber später wollte sie nichts mehr davon wissen. Ich zeigte die Striemen damals dem Pfarrer, der mich kurz zuvor konfirmiert hatte, und bald danach kam ich weg von ihr ins Internat. Fünf Jahre haben wir uns damals nicht gesehen, kein Lebenszeichen, nichts. Nur meine Tante Karla schickte mir ab und zu ein Päckchen mit Keksen und Bonbons und ein bißchen Geld.

»Und der vierte«, sagte sie, »das war Onkel Jupp, dem haben sie in Rußland ein Bein weggeschossen, er ist dann im Lager gestorben.«

Wir schwiegen und ich dachte plötzlich: Ich frag sie jetzt mal. Es ist so lange her, warum soll ich nicht wenigstens einmal die Sprache darauf bringen, vielleicht kann sie ja sagen ›es tut mir leid‹, und ich fragte meine Mutter:

»Warum hast du mich damals eigentlich so entsetzlich geschlagen?« Die Antwort kam sofort. »Ich habe dich nicht geschlagen.«

Ich schwieg, beschleunigte, die Autobahn war schnurgerade, fast leer, die Sonne schien. In der Ferne tauchte eine Brücke auf. »Mutter«, sagte ich, »ich fahre uns beide vor diesen Brükkenpfeiler, wenn du jetzt nicht einmal, ein einziges Mal zugibst, daß du mich entsetzlich geschlagen hast, verdammt noch mal.« Sie schwieg, ich fuhr, die Brücke kam näher. Ich wechselte auf die linke Spur, hielt auf den Mittelpfeiler zu und war plötzlich ganz ruhig.

Na, und wenn schon, dachte ich. Vielleicht ist das mit Flora auch nur wieder so ein Irrtum, was soll das alles, dann ist es eben vorbei. Ich war ganz merkwürdig gefaßt, fühlte mich beinahe leicht, als würde mir eine Entscheidung nicht abverlangt, sondern abgenommen. Ich starrte nur noch auf den Brückenpfeiler, wartete auf das Krachen und dachte daran, daß sich mein Leben jetzt wohl – wie nennt man es? erfüllte und daß ausgerechnet ich zusammen mit meiner Mutter sterben und beerdigt werden würde, nebeneinander, ohne Liebe, in alle Ewigkeit, amen. »Wirf dies ererbte Graun von dir, ich bin nicht schauerlich, bin kein Gerippe...« das dachte ich auch noch, fast fröhlich, und die Brücke kam näher. Meine Mutter faßte meinen Arm und rief: »Ja, aber was sollte ich denn machen, ich wurde einfach nicht mehr fertig mit dir. Du hast zu früh mit Jungens angefangen.«

Ich verlangsamte, lenkte zurück nach rechts, wir atmeten beide tief durch. »Du warst schwierig«, sagte sie, »und ich war unglücklich.«

»Und deshalb haust du auf ein kleines Mädchen ein, bis es blutet?« fragte ich und starrte geradeaus. »Ach Gott, blutet«, sagte sie, »und was heißt kleines Mädchen, es reichte immerhin schon, um an den Ecken rumzustehen und zu küssen. Ich hab dich doch gesehen. Wie dein Vater.«

Ich dachte an die unschuldigen Kinderküsse, die ich mit Tanzstundenfreunden ausgetauscht hatte, so hungrig nach einer Liebe, die es zu Hause nicht gab. Und dafür schlug sie mich.

Nach einer langen Pause atmete meine Mutter tief ein und sagte leise: »Es hat mir sofort so leid getan.« Ich faßte nach ihrer Hand, und sie ließ es zu. Ich lenkte mit links, hielt mit rechts ihre Hand, ich konnte mich nicht erinnern, wann ich das je getan, wann sie das je zugelassen hatte, und wir fuhren schweigend weiter. Auf einmal sagte sie, wieder ganz vergnügt: »Das hier ist doch die Schweiz?« »Ja«, sagte ich, »soll ich lieber über die Dörfer fahren statt über die Autobahn? Am Vierwaldstätter See entlang? Dauert länger, ist aber sehr schön.« »O ja, bitte!« sagte sie. »Ich habe mir immer schon gewünscht, einmal zu sehen, wo Wilhelm Tell war.«

Ich lachte. »Hat es den denn wirklich gegeben?« fragte ich, und sie sagte entrüstet: »Was denkst du denn, mach deine Rechnung mit dem Himmel, Vogt, fort mußt du, deine Uhr ist abgelaufen! Ich lebte still und harmlos, das Geschoß war auf des Waldes Tiere nur gerichtet, zum Ungeheuren hast du mich gewöhnt, in gärend Drachengift hast du die Milch der frommen Denkart mir verwandelt, herrlich, oder? Und dann muß er ja auf dieses Kind schießen, und am Ende sagt er: Was ich mir gelobt in jenes Augenblickes Höllenqualen, ist eine heilge Schuld, ich will sie zahlen. Oder so ähnlich. Ja, wir müssen alle unser Päckchen tragen.«

»Woher kennst du bloß so viele Verse, Gedichte, halbe Stücke«, fragte ich, »ich behalte gar nichts auswendig, und du …« »Alles Training«, sagte sie, »in den Bombennächten haben wir immer gelesen und auswendig gelernt, bei Kerzenlicht.« »Wir?« fragte ich, und sie sagte: »Karla und ich. Als unsre Männer im Krieg waren.«

»Aber daß du das heute alles noch im Kopf hast«, sagte ich, »das finde ich wirklich enorm.« »Ich bin ja viel allein«, antwortete meine Mutter, »und da rede ich mit mir selbst und sage mir das alles immer wieder auf.«

Ich fuhr durch kleine Dörfer, am See entlang, und sie las entzückt die Namen auf den Ortsschildern. Einmal, als eine kleine Dorfkirche auftauchte, rezitierte sie: »Aus den Tannenwipfeln ragte eines Türmleins spitzer Kegel, First und Giebel eines Klosters nach Sankt Benediktus Regel.«

Ich dachte darüber nach, wieviel Witz und Kraft in meiner Mutter steckten, und fragte mich, warum wir beide es nicht fertigbrachten, locker und fröhlich miteinander umzugehen. Ich hatte immer das Gefühl, sie mochte mich nicht, und das ließ mich ihr gegenüber störrisch, kühl, verhärtet sein. Und sie mochte mich wohl nicht, weil ich irgendwann meinem Vater zu ähnlich geworden war, und den hatte sie bei seiner Rückkehr aus dem Krieg einfach nicht mehr haben wollen – wie so viele Frauen dieser Generation, die in den Kriegsjahren selbständig und hart geworden waren. Und dann kamen die an Leib und Seele zerstörten Männer aus Rußland zurück und nahmen einen Platz ein, den es eigentlich für sie nicht mehr gab, und wollten wieder alles besser wissen – wo der Sicherungskasten hing, wie man die Kinder zu erziehen hatte und daß die Frauen an den Herd gehörten. Viele Familien waren damals zerbrochen. Wir Kinder hatten kaum eine Chance, zu diesen fremden mageren Männern, die da als unsere Väter aus irgendeinem Lager heimkehrten, eine Beziehung aufzubauen. Und ich erinnerte mich an einen entsetzlichen Streit zwischen meinen Eltern, der damit endete, daß meine Mutter meinen Vater kalt ansah und sagte: »Spiel dich nicht so auf, letztlich bist du nichts anderes als alle andern auch: ein Mörder.«

Mit diesem Satz muß sie eine Mauer eingerissen haben, die er zum Schutz um sich herum aufgebaut hatte. Damals fing er an zu trinken und legte sich die beiden Freundinnen zu, es war der Anfang vom Ende unserer Familie.

Ich schob eine Kassette mit Schuberts Musik in den Kassettenrekorder, und meine Mutter, wie ich aus Gedanken gerissen, sagte sofort:

»Musik, du himmlisches Gebilde, voll hehrer Kraft und süßer Milde, wir fühlen doppelt tief dein Walten, wenn uns ein Leid das Herz gespalten.« Und dann sah sie mich an, lachte und sagte: »Schön, mal so mit dir zu reisen.« Ich konnte mich nicht erinnern, wann sie je etwas so Nettes zu mir gesagt hatte.

Wir machten Rast in Küßnacht, aßen Bündnerfleisch mit frischem Brot und tranken ein Glas Wein dazu. Da saß sie mit mir am Tisch, klein, energisch, in ihrem blauen Kleid, die Wangen leicht gerötet, und ab und zu traf mich ihr kritischer Blick.

»Bist du glücklich?« fragte sie plötzlich, und ich sagte ohne nachzudenken: »Nein.«

Sie nickte. »Wie dein Vater«, sagte sie, »kein Talent. Die taten immer nur alle so, die ganze Familie. Da war keiner glücklich. Außer Tante Karla.«

»Warum gerade Tante Karla?« fragte ich, und meine Mutter sagte: »Die war stark. Die wußte, was sie wollte. Ohne Tante Karla hätte ich den Krieg nicht überlebt.« Sie nippte an ihrem Wein und warf mir einen Blick zu. »Du übrigens auch nicht«, sagte sie. Und dann fügte sie noch leise hinzu: »Ohne Tante Karla gäb es dich nicht einmal.«

Ich saß ganz still und spürte, daß dies ein besonderer Augenblick war, daß sich etwas öffnete, in ihr, zwischen uns, und sie merkte wohl, daß sie so einen Satz nicht einfach unkommentiert im Raum stehen lassen konnte. Sie knetete ein Brotkügelchen und sagte, ohne mich anzusehen: »Ich wollte kein Kind. Wer will schon ein Kind im Krieg! Karla hat damals abgetrieben, ohne jedes Problem. Und ich – bis zum fünften Monat hab ich alles versucht, Einläufe mit Seifenlauge, Karla hat mit einer Stricknadel gestochert, ich bin mit Ziegelsteinen im Arm vom Tisch gesprungen – nichts. Du gingst nicht weg, du wolltest leben.«

Ich hielt den Atem an, mein Herz klopfte wild, und ich hatte tausend Bilder im Kopf, eine Million Fragen, Tränen, ein Meer von Tränen in der Seele. Und eine Mischung aus Angst und Glück im ganzen Körper. Angst, zu leben, Glück, zu leben.

Sie sagte: »Wir waren sicher, du wärst behindert, nach diesen Prozeduren. Aber du warst ganz gesund. Karla hat dich auf die Welt gezogen, in der Küche, während die Bomben fielen. Alle andern waren im Luftschutzkeller. Wir beide waren in der Küche, nur mit Kerzenlicht, die Fensterscheiben flogen raus, und plötzlich kamst du. Mein Gott, und du warst wirklich gesund. Wir haben vor Glück geheult, Karla und ich.«

Zum erstenmal begriff ich, was für ein Opfer es gewesen sein mußte, damals ein Kind zu bekommen, noch dazu von einem ganz offensichtlich ungeliebten Mann, der es in fünfzehn langen Ehejahren nicht geschafft hatte, ihr ein Kind zu machen, und ausgerechnet da, im Heimaturlaub während des Krieges, da mußte es passieren.

Fast hätte ich meine Mutter in den Arm genommen, so stark empfand ich ihr Glück darüber, daß ich damals ein gesundes Baby war, als eine Liebeserklärung, aber ich zögerte eine Sekunde zu lange, und die Kellnerin kam an unseren Tisch, um zu kassieren.

Als wir weiterfuhren, hätte ich ihr beinahe von Flora erzählt. Ich hätte so gern einfach darüber gesprochen, daß ich eine Frau liebte und ob das überhaupt möglich war nach einer so langen Ehe, nach zwei Söhnen, nach zahllosen Affären. Aber ich sagte natürlich nichts, denn das war nun wirklich ein Thema, das man mit meiner Mutter nicht besprechen konnte. Dachte ich.

Ich fuhr durch die Schweiz, und meine Mutter saß, stiller geworden, neben mir. Manchmal nickte sie ein wenig ein, aber immer wieder wurde sie wach, setzte sich gerade hin, schaute aus dem Fenster. »Wie schön, daß ich das alles mal sehe«, sagte sie. Und als wir in Chiasso auf die Autobahn nach Mailand fuhren, fragte sie mich plötzlich: »Hast du die Zitronenrolle gestern noch gegessen?« »Nein«, sagte ich wahrheitsgemäß, und sie nickte. »Dachte ich mir«, sagte sie. Das war alles, danach schlief sie wirklich ein und erwachte erst wieder, als ich durch Mailand kurvte, um ein Hotel zu suchen.

Ich buchte zwei Einzelzimmer für zwei Nächte, und sie fragte mich: »Wo wohnst du denn danach?« »Bei der Kollegin«, sagte ich und half ihr, sich in ihrem Zimmer zurechtzufinden. Am Abend gingen wir aus, ich mußte den Kellner beschwören, ihr ein Gericht ohne Knoblauch zu bringen, und sie war bald die Königin des Lokals, »la mamma!« und hielt alle mit Sonderwünschen auf Trab. Sie orderte unbeirrt auf deutsch, »bitte nicht diesen sogenannten ›Expresso‹, sondern einen richtigen Kaffee, und nicht zu stark, und mit Milch, aber keine Büchsenmilch!« und ich übersetzte, und sie wunderte sich, daß man sie nicht verstand, obwohl sie doch derart deutlich sprach. KAFFEE und MILCH und NICHT ZU STARK, mein Gott, das mußte man doch auf der ganzen Welt verstehen, oder etwa nicht? Diese Italiener erschienen ihr freundlich, aber ein bißchen begriffsstutzig.

Der Abend ging erstaunlich friedlich herum. Es war, als würden wir beide einen anderen Ton anschlagen, wenn wir nicht in den eigenen vier Wänden waren. Als ich sah, daß sie müde war, lieferte ich sie im Hotel ab und ging noch ein bißchen allein los, um in irgendeiner Bar ein paar Gläser Wein zu trinken und nachzudenken – über sie, über mich, über Flora, über das, was wir alle von unserem Leben erwarteten und was das Leben uns für Schnippchen schlug. Hatte man wirklich irgend etwas selbst in der Hand, oder kam alles einfach, wie es kommen mußte? Und ich ertappte mich dabei, nun auch in Versen zu denken, wie sonst sie es immer tat: »Kann grundlos so ein Gott des Lebens Teppich weben? Ist Qual ein Einfall wie ein buntes Muster und alles Händeringen nur ein Ornament?« und ich dachte: Sieh da, wir sind uns doch ähnlicher, als man meinen möchte. Gab es einen Sinn, ein geheimnisvolles Muster, oder war alles bloß Zufallsornament, ihre Härte, meine Unrast, ihr abruptes Schlußmachen mit aller Liebe und aller Zärtlichkeit und mein ewiger Hunger danach?

Ich betrank mich ein bißchen und wurde am nächsten Morgen wach von ihrem Klopfen an meiner Zimmertür.

»Ich geh frühstücken«, rief sie, »steh auf, es ist schönes Wetter. Ich warte unten.«

Als ich zum Frühstück kam, plauderte sie schon mit dem Kellner, obwohl sie kein Italienisch und er kein Deutsch sprach, aber es wurden Brote empört in die Luft gehalten, zu weiß! zu weich! und der Kellner brachte dunkleres Brot und wurde dafür gelobt. Sie hatte alles im Griff, so als wäre sie ihr Leben lang in der Weltgeschichte herumgereist. Welche Kraft steckte doch in ihr, eine Kraft, für die es in ihrem elenden kleinen Rentnerleben gar kein Ventil gab.

Wir bummelten an diesem schönen, warmen Tag durch Mailand, sie in hellgrauen Wildlederpumps mit halbhohen Absätzen, ich in flachen Gesundheitsschuhen. Heute weiß ich, wie ich sie allein für ihre Schuhe geliebt und bewundert habe, aber sie mußte erst sterben, bis mir das bewußt wurde.

Wir gingen durch die Galleria am Dom, durch ein Kaufhaus, durch die Modestraße Via Monte Napoleone, in der die Boutiquen aller großen Modemacher sind – Marmorpaläste von Valentino, Gucci, Ungaro und Fendi mit riesigen Schaufenstern, in denen ein paar himbeerrote Schuhe für dreitausend Mark oder ein einziges, winziges, papageienbuntes Seidenblüschen für achttausend Mark lagen, und in Lire gingen diese Summen gleich in mehrstellige Millionen. Meine Mutter konnte nicht genug staunen, zeigte auf Preis und Ware und dann, als eine blasierte, wunderschöne Verkäuferin zu uns hinaussah, tippte sie sich an die Stirn und zeigte der Verkäuferin, die sich sofort abwandte, einen Vogel. »Millionen für ein Blüschen! Ihr seid ja verrückt!« rief sie.

In einem kleinen, eleganten Wäschegeschäft kaufte ich ein schönes, seidenes Nachthemd für meine Mutter. Ich mußte sie dazu überreden, aber sie freute sich doch, probierte es über ihren Kleidern an und lief damit im Laden auf und ab. »So teuer!« sagte sie, »mich sieht doch nie einer im Nachthemd, naja, vielleicht, wenn es mal ans Sterben geht.« Als es ans Sterben ging, mußte sie die hinten offenen Krankenhaushemden tragen, aber immerhin haben wir sie in diesem seidenen Nachthemd aus Mailand, das sie bis dahin nie getragen hatte, beerdigt. Oder sagen wir: Es ist mit ihr zusammen verbrannt worden.

Am Abend saßen wir in einem ruhigen, kleinen Lokal und aßen Polenta mit dünn geschnittenem Kalbsbraten in einer wunderbaren Sauce. »Heute bezahle ich«, sagte meine Mutter und bestellte noch ein Glas Wein für mich und ein Schnäpschen für sich. Sie ging mit dem Ober zur Theke und ließ sich alle Flaschen zeigen. Sie schimpfte mit ihm, weil es keinen Himbeergeist gab, und schließlich entschied sie sich für Calvados.

»Weg muß er, weg ist er«, sagte sie, als das Glas vor ihr stand, hob es hoch und kippte es fast auf einen Zug hinunter, nach Kumpelart aus dem Ruhrgebiet, wo sie aufgewachsen war. Ich mußte lachen, so hatte ich sie noch nie gesehen, und sie hatte auch schon einen leichten Schwips. Als ich vorsichtig bat: »Erzähl doch mal ein bißchen von früher«, fing sie tatsächlich an und sagte als erstes einen völlig idiotischen, unerwarteten Satz, über den wir fast zehn Minuten lachen mußten. Sie sagte: »Tante Luzie ist damals nach dem Krieg in den Osten gegangen und hat dann bei der VEB Genuß gearbeitet und Vitalade hergestellt.«

Ich fand das so übergangslos komisch, daß ich mich lange nicht beruhigen konnte, aber ich erinnerte mich an Pakete von Tante Luzie, die uns eine gräßlich fettige Schokoladenimitation schickte und im Gegenzug um Kaffee bat. »Warum ist sie in den Osten gegangen?« fragte ich. »Weil sie an den Sozialismus glaubte«, sagte meine Mutter. »Meine Familie, wir waren damals ja alle links, Arbeiter, Sozialisten, aber dein Vater und das ganze Gesocks, alles Nazis. Dummköpfe, Mitläufer, eingebildete Kerle, die sich in gutsitzenden Uniformen wichtig machen wollten.«

So deutlich hatte sie das noch nie ausgesprochen. »Über Politik wurde doch zu Hause nie geredet«, sagte ich. »Eben drum«, antwortete sie, »sonst hätte es Mord und Totschlag gegeben. Außer den Schwestern deines Vaters waren sie alle Nazis, die ganze Familie. Tante Paula war zu blöd und Tante Karla zu klug dafür. In meiner Familie schlug nur Willi aus der Reihe. Der war auch zu blöd.«

Onkel Willi lebte noch. Er verließ so gut wie nie das Haus, und wenn, dann mit Hut und Brille vermummt. Er hatte immer Angst, jemand würde ihn auf der Straße erkennen – vielleicht der Jude, dem er, nach Familienerzählungen, in Polen den Finger abgeschnitten hatte, um an den Brillantring zu kommen, den Tante Maria heute noch trug.

»Hast du dich deshalb mit Papa so zerstritten?« fragte ich, und sie sagte: »Ich konnte nicht mehr atmen neben ihm, mir wurde schlecht, wenn er mich nur anfaßte.« Und dann trank sie den Rest ihres Calvados und fügte hinzu: »Und ich war im Krieg so glücklich. Wir waren sehr glücklich. Ohne Männer.«

Der Kellner kam und bot auf Kosten des Hauses noch etwas an, einen Kaffee? Einen Amaretto? Meine Mutter scheiterte beim Zahlen, weil er natürlich kein deutsches Geld nahm, obwohl sie ihm den Hunderter immer wieder energisch unter die Nase hielt und rief: »Aber er ist echt! Es ist gutes deutsches Geld! Wir sind doch in Europa!« Ich zahlte, und der Kellner versuchte meine Mutter zu trösten, indem er ihr die Tüte mit dem Seidennachthemd bis zur Tür trug. Die Italiener scheinen einfach »la mamma« in jeder Erscheinungsform zu lieben.

Im Hotel fand ich eine Nachricht von Flora. Wir hatten schon ein paarmal telefoniert, natürlich wußte sie, daß meine Mutter mit mir in Mailand war, aber ich hatte ihr versichert, daß sie Donnerstag gegen achtzehn Uhr abfliegen würde. Freitagmorgen wollte Flora eigentlich kommen, doch die Nachricht lautete: »Komme schon Donnerstag fünfzehn Uhr. Will Deine Mamma noch sehen. F.«

Das gefiel mir überhaupt nicht: Ich wollte nicht, daß sie sich trafen. Ich wollte mit Flora allein sein. Ich wollte meine Mutter nicht so eng in mein Leben einbeziehen. Natürlich würden wir ihr nichts von unserer Liebe sagen, aber auch ohne das war mir so eine Begegnung einfach zu nah, zu viel, zu intim. Zu gefährlich. Ich erinnerte mich daran, wie meine Mutter immer mit meinen Freunden umgesprungen war, als ich noch zu Hause wohnte und zur Tanzstunde abgeholt wurde. »Warum ausgerechnet unsere Nina«, hatte sie Rüdiger gefragt, in den ich so verliebt war, »gibt es keine netteren Mädchen?«

Ich konnte die ganze Nacht nicht schlafen, war am nächsten Tag gereizt, und es gab es wieder die alten Kräche und Sticheleien zwischen uns. Die Zeit zog sich hin, und ab zwölf Uhr fing meine Mutter schon an mit: »Müssen wir nicht zum Flughafen fahren?« Wie alle alten Leute war sie immer stundenlang zu früh dran. Ich hatte ihr gesagt, daß wir meine Kollegin, die aus Amerika kam, abholen würden, wir könnten dann noch einen Kaffee zusammen trinken, und später würden Flora und ich sie dann ins Flugzeug setzen. Das war ihr recht, und sie fragte: »Spricht sie deutsch?« »Ja«, sagte ich, »sie ist aus Bruneck in Südtirol, da wachsen alle zweisprachig auf.«

Ich sah Flora sofort. Sie überragte die anderen, sie strahlte, sie leuchtete, und meine Mutter, klein und zappelig neben mir, sagte: »Das ist sie.« »Woher weißt du das«, fragte ich, »du kennst sie doch gar nicht.« »Das sehe ich«, sagte meine Mutter. »Sie strahlt. Sie strahlt für dich.«

Ich war zu aufgeregt und zu nervös, um über diese Bemerkung weiter nachzudenken. Sie fiel mir erst viel später wieder ein, und dann verstand ich, daß meine Mutter vom ersten Augenblick an begriffen hatte, was zwischen Flora und mir war. Sie hatte es begriffen, und es gefiel ihr.

Flora und ich umarmten uns, fest, stumm, versicherten uns mit einem Blick, daß zwischen uns alles in Ordnung war, und dann küßte Flora meine kleine stramme Mutter rechts und links auf die Wangen.

»Meine Mamma war auch so klein«, sagte sie. »War?« fragte meine Mutter. »Ja«, sagte Flora, »sie ist tot«, und meine Mutter sagte: »Ich mach's auch nicht mehr lange.«

Flora lachte. »Danach sehen Sie aber nicht aus«, sagte sie, hakte mich und meine Mutter unter und zog uns ins Flughafenrestaurant.

Wir saßen fast zwei Stunden zusammen. Flora erzählte von New York, meine Mutter sprudelte nur so von unseren Mailänder Erlebnissen, ich war eher still, sah Flora an und dachte: Wie schön sie ist! Ob sie mich wirklich liebt? Und, ja, sie liebte mich, ich sah es an ihren Blicken, ich fühlte es, wenn sie unter dem Tisch rasch meine Hand oder mein Bein drückte, und ich wußte es genau nach dieser ersten Nacht seit unserer Trennung.

Aber noch saßen wir hier, ich ungeduldig, wie auf Kohlen, Flora gelöst, meine Mutter völlig überdreht. Als wir sie endlich zu ihrem Abflugsteig brachten, gab sie uns beiden einen Klaps und sagte keck: »Macht's gut, ihr zwei!« und Flora sagte hinterher: »Die ist nicht blöd. Die merkt sofort, was los ist.« Ich lachte und sagte: »Ach was, auf so was kommt die nicht mal im Traum, diese Generation ist viel zu prüde.«

Als meine Mutter durch die Paßkontrolle verschwand, küßten wir uns schnell, und ich bin mir nicht ganz sicher, ob meine Mutter das noch gesehen hat, denn plötzlich drehte sie sich noch einmal um und rief: »Nina! Danke!«

Sie starb zwei Jahre später, nach einem

Schlaganfall. Über Flora haben wir manchmal noch gesprochen, sie fragte immer wieder nach ihr, aber ich wich aus und hoffte, Cousine Margret würde nicht entdecken, daß Flora inzwischen schon beinahe bei mir wohnte. Ich war so glücklich mit Flora, aber ich hätte nie den Mut gehabt, meiner Mutter von dieser Liebe zu erzählen. Und doch vertrugen wir uns seit der Reise nach Mailand besser – trotz der alten, schnippischen Rituale zwischen uns waren wir uns nähergekommen. Nicht, daß wir uns umarmt oder größeres Vertrauen zueinander gehabt hätten, aber es war doch nicht mehr so gefährlich kalt wie früher, wenn wir zusammensaßen.

Als meine Mutter im Krankenhaus lag, gelähmt, fast immer bewußtlos, nahm ich Flora einmal mit zu ihr ans Bett. Sie tat, was ich nicht konnte: sie schnitt ihr die Fuß- und Fingernägel, sie kämmte sie, sie beugte sich über sie und küßte sie. Ich konnte nur dasitzen, über all die verpaßten Gelegenheiten weinen und die Hand meiner Mutter halten, die schlaff und weich in meiner Hand lag. Flora setzte sich zu mir, legte den Arm um mich, und auf einmal schlug meine Mutter ihre blauen Augen auf, sah uns an, als würde sie verstehen, daß ich endlich glücklich und zur Ruhe gekommen war, und sie griff nach Floras Hand und legte sie auf meine. Zufall? Bewußte Handlung? Sie starb wenige Tage danach, und wir zogen ihr das schöne Mailänder Nachthemd an.

Monate später, ich hatte ihre Wohnung aufgelöst, ihre Möbel verschenkt, ein paar Kleinigkeiten behalten, kramte ich in einem Karton, in dem sie alte Photos aufbewahrt hatte. Flora sah mir über die Schulter. Da war mein Vater in Uniform mit Hakenkreuz, da waren die einbeinigen Onkel, da war ich, auf dem Arm von Tante Paula, da war meine Mutter, Anfang der 40er Jahre, als junge hübsche Frau. Unten in dem Karton lag ein weißer Briefumschlag, auf dem stand: »Nur für Nina.« Er war mit Tesafilm und Klebeband so fest umwickelt und verschlossen, daß wir eine Schere brauchten, um ihn aufzuschneiden. Ich hatte Angst, was ich darin finden würde. Ich fühlte, daß ich ihrem größten, ihrem einzigen, ihrem wirklichen Geheimnis auf der Spur war.

Der Umschlag enthielt vier kleine schwarzweiße Photos mit gezackten Rändern. Auf allen vier Bildern waren Tante Karla und meine Mutter – meine Mutter in einem Blumenkleid, das ich unter ihren Sachen in Seidenpapier eingewickelt gefunden hatte. Ich hatte sie nie darin gesehen, aber es war, obwohl ein bißchen verschlissen und verblichen, so schön, daß ich es nicht übers Herz gebracht hatte, es in die Kleidersammlung zu geben wie ihren Nerz und die übrigen Sachen. Ich hatte es behalten, und hier auf diesen Photos begegnete ich dem Kleid plötzlich wieder. Auf zwei der Photos rauchte meine Mutter, ich hatte sie nie rauchen sehen. Und neben ihr, den Arm um sie gelegt, ebenfalls rauchend, Tante Karla in einem Männeranzug mit Oberhemd, gelockertem Kragen und Schlips. So standen sie nebeneinander, umarmten sich, sahen unbeschreiblich glücklich aus und lachten in die Kamera, mitten im Krieg, und die Photos hatte sicher Tante Paula gemacht. Im Hintergrund stand ein Kinderwagen, vielleicht lag ich darin und schlief. Es muß in der Kriegswohnung gewesen sein, in der Tante Karla und meine Mutter zusammen gewohnt hatten, ich erkannte ein Blumenbild an der Wand wieder, das später bei uns zu Hause gehangen hatte, und den schwarzen Elefanten aus Ebenholz mit den echten Elfenbeinzähnen auf dem Radio, der jetzt auf meinem Schreibtisch steht.

Das dritte Bild zeigte meine Mutter mädchenhaft klein in einem Sessel sitzend. Tante Karla saß auf der Lehne, hatte eine Hand auf ihrer Schulter, und sie sahen sich an. Und auf dem vierten Photo waren meine Mutter und meine Tante Karla in einen innigen Kuß versunken, mit geschlossenen Augen.

Ich drehte die Bilder um. Auf der Rückseite aller vier Photos stand derselbe Satz, mit sepiabrauner, verblichener Tinte in der zierlichen Schrift meiner Mutter geschrieben: »1940–1945, mit Karla. Meine schönsten Jahre.«

Weitere Glanzstücke von Elke Heidenreich:

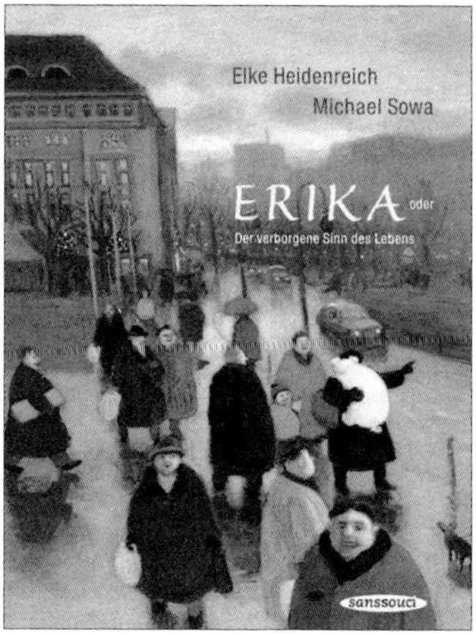

Elke Heidenreich / Michael Sowa
Erika oder
Der verborgene Sinn des Lebens
56 Seiten. Gebunden
ISBN 3-7254-1249-9

Manchmal weiß man so gar nicht mehr, wo man hingehört im Leben. So wie Betty, die vor den Feiertagen Bilanz zieht: »Es war, als hätte ich zu leben vergessen.« Wie ein riesiges Plüschschwein namens Erika dem Leben wieder einen – wenn auch verborgenen – Sinn gibt, davon erzählt Elke Heidenreich in einer ihrer schönsten Geschichten. Und keiner kann den melancholisch-versönlichen Ton besser ins Bild setzen als Michael Sowa, dessen Erika so anschmiegsam und eigenwillig ist, daß man sie sofort ins Herz schließen muß!

»Eine wunderschöne Geschichte über die sehr gut erträgliche Leichtigkeit des Schweins.«

Brigitte

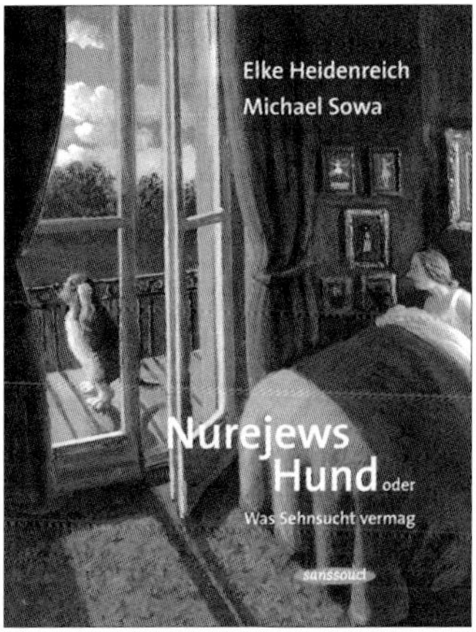

Elke Heidenreich / Michael Sowa
Nurejews Hund oder
Was Sehnsucht vermag
48 Seiten. Gebunden
ISBN 3-7254-1360-6

Sie begegnen sich auf einer Party des Schriftstellers Truman Capote in New York: der weltberühmte Tänzer Rudolf Nurejew und der schwere, schmutzfarbene Hund Oblomow. Zwischen beiden entsteht unerwartet eine innige Freundschaft, die weit über Nurejews Tod hinaus Bestand haben soll.
Elke Heidenreichs wunderbare Geschichte, in der stets ein wenig russische Melancholie mitklingt, und Michael Sowas kongeniale Bilder erzählen mit einem Hauch von Komik, daß große Liebe Ungewöhnliches vermag: ein Hund überwindet aus Zuneigung die Schwerkraft.

»*Nurejews Hund* bezaubert. Lesenswert.«
Westfälischer Anzeiger